我和我私奔

陳怡安

輯一　讓世界愛你的方法

輯二　介於沒有與所有之間

輯一　讓世界愛你的方法

看看

千里迢迢抵達夏季
只是待著，看看
看車河滾滾
人影洶洶
肚皮舞女郎在你背後
搖出樹林婆娑的聲音
沉浸式叢林體驗
異國虛擬實境

看看
看你習以為常的
此時都派不上用場
看看

看你甘願
被一座城市出局

看看
看局外人就不會
在規則裡為親密所傷
看看
看你從旅行中學會
讓世界愛你的方法
是旁觀

公路進行曲

起點尚未成熟
難以體諒窮途末路
儘管把電台轉到最大聲吧
飛車的少年
讓耳邊風呼嘯而過

一頁路樹
被翻動地飛快
公路上沒有劇情
只有不論因果關係
喋喋不休的敘事

在抵達你之前，我經過

水田謹守著格律
被小徑頓挫
我要組裝一個方向盤不配喇叭
圓潤的嗓音朗誦，
平上去
且繼續，我和我的大鋼琴

踩住延音鍵
滑過的路口全黏在一起
不論雨晴我打開車窗前兩只節拍器
將週日下午前往你，
定速為行板

地球轉身，來到落日的位置
燈光尋找失物
告示牌上此地無銀

夜晚就要滿潮
一間家庭餐廳淹沒在轉角
駛過的來路不明

在抵達你之前，我停住
看成群的斑馬線
小遷徙

身處的世界已經換幕
我僅是坐著
在等待中，風景則到處奔走
為遙遠的能夠相遇
密謀驚喜

天窗現在裝滿星星

從加油站偷來一把手槍
私奔萬事俱備，準備好了嗎？
等潮水鬆動一只錨
紅燈闔上眼皮

我會按下播放鍵
公路上沒有主角
但我願意為你成為很好的臨演

無人能夠永恆移動
我們都抵抗了與自身等重的摩擦力
才來到這裡

路歌

永遠是困難的
十字路口
各自的神有各自的苦衷

紅燈面前我們還有九十秒
卻只是被動
一天又重複
被推到最後
心都熄火

等待的人眼巴巴
一個結果

你有沒有見過天使？
在那邊的圓環裡
扛著時鐘

特定的整點
銜接著特定的路口

路總是有盡頭而我
只是從三點鐘方向來到
十二點鐘

世界的盡頭

"WORLD'S END"
刻在巨大的告示牌上
明顯地不容質疑
各國的觀光客沿著箭頭
依序前進

沒有人逃跑？

連綿的山谷，神的餐桌上
一塊抹茶千層蛋糕
我分泌口水
很美但是
此非盡頭

不過遊客並不介意
自願被欺騙
好讓照片
展現某一種真相

司機還在入口處等著
世界舒適到
我只能夠因暈車而嘔吐
卻很難、很難消失

這就是現在的我
所能夠到達
最遠的地方

很美只是

連天空的邊邊
都摸不到

最後三小時在他城

錢都花光了
待在他城的最後三個小時

音樂只是繼續
用四四拍進行

冰塊只是沒辦法
再維持原狀

我猜你也只是有其他
要去的地方吧？

你的抵達與離開

讓這裡下起一場午後陣雨
沒有預告
讓全城集體暫停
其中一滴雨
是我無人知曉地想念你

洱海藍

老吳，來自雲南
在上海開一間民謠小屋
也在深夜開滴滴車

幾次告訴我一定得看看
那（the）洱海藍

婉拒包小車繞一圈的價錢
步行環海路幾個鐘頭後
仍是與第一秒相似的景象

小舟繫於樹下
蒼山浮於海上

流連於時間的古城沉默

從不同角度去看
都像同一幅，靜物畫
取之不盡的
那洱海藍，原來是沙漠般
偉大的印象

能一眼看盡
卻如何都走不完

車窗電影

列車正在啟動
車窗電影院即將播映的是
一路向東

先是月台
再見的最後，
到底了就是岩岸斷崖
稻田全是浪
山稜線也是

阡陌小徑是浪花白邊
不停畫線
像每一次告訴自己

就到此為止

他替你把眼淚流光
我只能為你流浪

後來故事進入隧道
畫面突然切換回自己一人
無意間撞見
寂寞的那一面
不能直視，遂很快別開眼

我想我是羞愧於承認
有些人把我當目的地
我卻只能
喜歡風景

凡人去看夜景

和初次見面的他人結伴
看素未謀面的夜景

天黑深邃
涼意有點安靜
風流過半搖下的車窗，就像水聲
使人坐立不安
遇不見廁所
就近找到樹叢

撇去不能啟齒的
那夜晚其實非常詩意
我們在車上談論

一些流於形式的夢
只是現在 再怎麼寫
都有人味

懸崖

他們說這裡
就是路的盡頭
懸崖再過去
沒有終點
沒有休止符的墜落
是一個恐怖的長拍——

「那不就是飛翔嗎？」

隧道效應

當速度越快
視野變得狹窄
世界剩下
一個破洞

就算太平洋
大大地朝天空攤開自己
隧道裡的人看不見
波浪上有新鮮事
正在發生

但是我願意
不厭其煩再次傾訴

（用電話粥的溫柔）
相對論前提——
光速永遠不變

以此做為定錨點
朝洞口張開手掌
看見手的形狀
光的形狀

即便此刻還身處黑暗
我們手上都握有
向光的秘密

近距離

木瓜山的稜線以威逼的方式
俯瞰小徑
近距離恐嚇
初次到訪的他者
意圖使人獻祭平生秘密

米白色的牛群聚在路旁
展示一派無聊的神啟
垂下巨大的瞳鈴眼
不問也不告訴
逃跑的終點

垂直於山景的一條路

通往無名的更多條路
林蔭下，轉角目送十字路口
有多少人開始的方式
是不停

不停練習告別

泡腳咖啡店之歌

城市重新開放的那一天
我坐上他的車回來
搜索有熱泉水的咖啡店

穿越夜光的過山車
如此安靜，連鳥兒都沒有注意到
在人們的視線背後
有工作悄悄完成

雖然是時候說再見了
仍然讓言語過去
冰淇淋雪融化
叉子和盤子被覆蓋

露出一角花紋
屋頂上有一隻白貓在打坐
盯著我們兩個浪費青春

送你回家

你下車之後
凹陷的痕跡還在
彷彿那裡的空氣特別沉重
以至於壓出了陷下去的路口

那通往沒有海的港嗎？
聽說那裡不下雨
因為比天空還要更高
但你還是得帶把傘
可以當作拐杖

有些感傷是好的
像是畢業，你回到學生時期，

重新梳好頭髮
讓我載你去他方

走路到不了
飛機也飛不到
但我想念的時候，
就已經抵達
可能是一張電動的按摩椅
一席蒲葉涼扇

抽屜裡一照再照的圓鏡子
你在裡面沒有笑
只一邊審視過剩的白髮
可能是在想昨夜
太倉促離開家鄉
連道別都來不及的事情嗎？

讓我載妳回家
走過尚未豐收的綠色小路
沿著還有魚的乾淨小溪
一路閒聊
在天黑之前
送你回家

路的句點

回頭時望見路燈一串
收束在視覺的聚焦處
路的句點
原來好像一顆星星

不應該告訴你
這麼熄滅的事：
反方向遠離
只是加速前往另一個盡頭

逆風登高或者順風而下
我們永遠找不到
風的開始與結束對嗎？

為了不被消耗
我已不再移動
擁抱逐漸失溫
我想我們受困了
分分秒秒都更靠近最後

可是因此見過，從來沒見過的
你的表情，是萬年冰塊下
一個處女地

你笑出微風
我知道
花會再開的

輯二　介於沒有與所有之間

沒有之境

摸黑攻頂
僅一人寬的小徑
通往最接近神的領域

我拋棄了很多
包括突出去的骨骼
過重的語氣
舒適或毀滅之城
甜蜜的行李
才到達這裡
怎麼可以想念
輕易的森林

好了，現在終於沒有
人造物
甚至樹

日出已經遠在天邊
因為拋棄而抵達
因為節儉而獲得的此刻
感覺石塊的冰利近在腳邊

出門見山

見山不是山

見山是神
見山是寂靜
見山是萬萬
不可能裡突然有光
見山是見自己
狼狽的話你還愛嗎？

見山是空
見山是所有
見山有時可以閱讀
稜線像新摺的書頁

鉛字就從雲層後面
透光過來

見山是見人
鳥群絮絮叨叨
石頭大多無語

數步數

第一步和最後一步都不難
難的是第三千六百一十二
是什麼要你駛離睡熟的人群？
五千一百三十一
往前和回頭都失去出口
七千六百二十三
呼吸是一隻林鳥奮力撲翅
越飛
越遠

九千九百九十九
長句子被留在上一公里的涼亭
單字是落水的狗

緊跟上來，溼透

一萬之後沒有再數
數字就要用盡
時間卻那麼無窮

我召喚愛過的人出現
一個人完成對話
等到把秘密都掏乾淨
就會有全新的眼睛能看見
全新的雲海
把大地覆蓋

把千步、萬步
走到歸零

那時也是
全新的零

輕量化

靈魂的不安
需要很多物品來鎮壓
擁有的美好
是回到家一派柔軟
千里外的鵝毛在枕下
這個轉角是畫廊
沿階而上，爬一座博物館

身體的不安
是衝鋒的革命軍
除了正義，他什麼都不要
他要一張床清淡
他要餐桌剛好

他要萬籟俱寂，把華燈關掉
他要你去走路

長長的，直到把肩膀磨破
再無法揹負
更多
更多
擁有的辛勞

也許是信仰也許是喜歡

雖然上山
就看不見山的全貌

魚不知道有海
卻覺得快樂

你問我為什麼相信呢？
找不到算式
並不妨礙我們
熱愛龐大的未知數

漫步經心

晨起日光溜上屋頂
中央山脈蓋薄霧側睡未醒
有夢話從風那過來：「一起走嗎？」

我牽住你遞過來的右手
一蹬腳離開我的
爬上你的，亂石野林
執子之手，往白頭多雲的山頂走
當時若是有回頭望一望
不知道此身還在不在此山頭

後來風景
也也層疊過，也曾跌落

我細密註記等高線如何
一波三折，你把歧路先走完
逕自攻頂無人之境，留我
人間漫步，萬事經心

留我高原上稀薄的街道
稀薄的愛情，西伯利亞遠的你
留我一方自由行走的能力
留我翻山越嶺避傷心

逢人便說
很久之前有一個人走進山裡
此後外面的世界再也無法令我變形

山雨下來

騎車上山的半路遇到雷雨
長路更長
我們分穿一件雨衣
各濕東西

在突如的大雨進攻中
眾生或流亡或躲避

可是你看現在的我們
是一起淋過雨的關係了
是跟天氣幹架
雖然輸得落荒而逃
仍濕著頭皮同一陣線
的關係了

山上那個來

山上那個來
外面裡面都是霧氣
雲層露出破綻
我極力掩飾
一根線頭

路到一半只能埋頭
繼續，在山上
沒有人想成為另一只登山包
我們都深諳
擁有，如何是一種辛勞

當日落把山坳染紅

像一顆蘋果轉熟
我同時理解了
夏娃的原罪
（蘋果更熟了）
為何因牛頓的萬有引力
頻頻墜落

得過且過

星期日與星期一的縫隙
被壓縮成一個短暫的夢
車門即將關閉
得過
且過
通勤的上班族欠身
穿過時針與分針
旋轉的窄門

低垂的眼睛瞄過
門縫裡遞來一封
被夾傷的信
得過

且過
戀人緊貼著牆壁
避開我的身體

竹林計算過每片葉子生長的角度
通融陽光均勻地前進
細影在石階上浮沉
我用什麼去交換
小徑替我放寬了自己

野心

折返黑森林時遇到兩隻山羌
在光與樹影之間跳躍
像穿越斑馬線的小孩：
「不能掉下去
黑色的地方都是岩漿」

我也曾相信
就算死掉，世界允許我任性重來
小心翼翼
是因為對遊戲規則表示尊敬

我們在那個寂靜的長拍面前
停下笨重的登山鞋

虔誠的
凝視一對偶蹄
如何踏過大自然為它鋪好的
亂石紅毯
沒有驚動一個縫隙

因為那份絕對吻合的精巧
我發現世界是一座
被設計好的遊戲
要好玩，得遵守規則
並保有一份
山羌的野心

零下的時候

零下的時候
鼻子和手指先痛
很快就是肺和嘴唇
眼睛倒完全不會

我們在清澈的星空下
煮水刷牙
當時並不知道那是一種奢侈
能夠感到疼痛
同時知曉極美
用力卻易碎的時光
是結冰的小川

山把水的時間暫定
他把你的時間浪費
能夠浪費

當時也知道那是一種奢侈
卻讓他經過
並不帶走

田野調查

一座健康的森林比十年的窗型冷氣機更吵。

說熱愛自然的人也會為避開泥巴地而踩在台北草上。

久違的禱告：神啊，請讓我明天抽到山屋。

女孩們運動內衣到褲頭的那一截皮膚，因為見過很多世面而社會化了。

清晨四點往峰頂的路上是看星星的秘境。

平安到家，洗上熱水澡就是人間至福。

睡睡袋的觸感像把全身插進口袋裡。

除了氣墊床和睡袋，切記帶耳塞。

山上最強勢的度量衡不是新台幣而是公斤，但公斤又與新台幣負相關。

GPS 地圖是荒野的微血管。

出發不是為了回家也不是為了離家，跟家關係沒那麼大。

為什麼上山？

山是一個答案
我仍尋尋覓覓
一個最精準的問題

你是我的石頭

脫口而出的嘆氣
像失手弄破的瓷碗
收拾殘局後，仍繼續用餐

終究也能夠
面不改色圓謊

沸水沒有節制
是因為穩定給予火源
能肆意生氣是幸福的
自己玩不起來
討厭不起來

正因為我和你之間不是金礦
是石頭
我看見努力而不能夠的太多
擁抱卻會痛的也有

願意花時間去磨潤石頭的
都是堅硬的河流
願意保存石頭一而再照看的
都是寬廣的天空

只要步行

鐵杉的柔情是不說
像我們六十歲父親的沉默
在最小的毬果，張開果鱗翅膀
起飛那天
他打著傘狀的雙手送行：
（沒有說）

願你能夠行經無人之地
能夠從高處俯瞰世界之形
能夠在墜落時埋的更低
能夠洞悉雨滴裡頭
萬物不變定律
能夠儲存到足夠冬眠的耐心

能夠敲敲胸膛
面對面自己的核心問題
能夠寬大一株小草
如同對待一棵千年檜木
能夠當難行處越徐行
沒有目的時能夠繼續

那樣或許最終能夠
發現森林
是一大群有或沒有名字
定義之外的
理解之外的

我有一顆兔子心

我們用鳥的眼睛看
我們笑得比瀑布更鬧
我們像滾下山坡的岩石一樣
連跑帶跳
跳

我們呼吸時風進出身體
我們擺動手臂，旁邊
水黽在池塘上滑冰
滑

我們躺下了脊椎成橋
橫越跨過小峽谷——

輸與贏之間
淚水與安慰
永遠或再也
不見

我想知道為什麼
我想知道為什麼
幸福令人想哭
在我影子的洞裡
躲著一顆兔子心

輯三　時間不打誑語

游泳課

沒有電影院的小鎮上有一座游泳池
二十五公尺的大螢幕
適合紀錄片，想演的就下水

自由其實最累
蝴蝶結沒有翅膀
飛舞和游泳的第一課，都是關於漂

換裝完畢的孩子排隊準備起飛
天空比身高更高
緊張的小朋友用力踢出一堆雲
吐氣的時候要說出泡泡
吸氣的時候要把風景吞掉

我祈禱，你們不要太早發現天空的破洞
地上，救生員的影子短得像午睡時
做的夢，醒來時鼻子眼睛全黏在一起
沒有時間觀念

我從混濁的時間裡抬頭，換氣
「把風景吃掉」，風景又長回去
「說出泡泡」，泡泡又不斷破掉
一次又一次用力經過日子是一座泳池
沒有留下痕跡

捧起一手的水藍色
光線一離開天空就變得透明

要怎麼畫出透明呢？我問

那個把一枚月亮塞進投幣機的小孩：

首先要發明一隻透明的筆

畫畫課

白色的桌巾上有一粒雞蛋和一顆蘋果
雞蛋的影子和蘋果的影子
斜斜地把雞蛋和蘋果立起來
用黑色畫出白色
凡是有光處就有暗
凡事得做最壞的打算

具體的說明抽象：
就像我用衣服展現身體

一群衣服圍著一個裸體
帶著一切遐想觀看
山谷的呼吸

時間是不是把自己不要的東西留了下來？
一座沉思的沉積岩
她的影子看不出年紀

觀看一扇窗戶最新的寫生力作
雨的顏料剛上，還沒有乾
樟樹旁若無人出浴
腳踏車濺起一灘天空

畫作模仿自然
倒影模仿天上
裸體模仿風景
每一天我都更高明的模仿自己
用衣服、用畫、用文字
像到就像真的一樣
時間不打誑語

金色的一天

日全蝕臨幸小鎮的那一天
我越過老狗與牠稀疏的星雲
跑到了巷子口
想親眼看看時間的臉
目測他憑什麼
令所有人感覺失去

中年鄰居從車庫探頭
我們兩朵雲視線交錯
兩百年一次的，五點鐘
原來也沒有更多蝴蝶
值得開口捕捉

半月型鱗片在樹蔭下沙沙作響
幾隻魚游進馬路上一閃而消失

車型的黑夜之中老狗睜開眼睛
在最靠近地表處
誕生了兩顆星球

穿過無垠的宇宙才抵達我家路口的
太陽即將西下
才剛剛到訪就準備告辭的
我的青春、無法直視
一天的最終，失落於沒見上時間的臉

他的後腦勺戒指般完美
一枚深深深深的隧道
容納沒有終點的
無止境經過

比少更少

底片機沒有上膛
光線闖過幾千次空門
卻沒有偷走東西
雜誌上的美少女還在那裡

時針從一點挪到五點
清晨比日出更早降臨
我僅是坐著
就會老
就會迷失
而且這不能解釋為一種抵達

桌角的乾燥花

為了對抗生長
需要經歷真正的死亡
犧牲四季就可以交換到的
恆常如新
看起來很廉價

有所失去必有所獲得
我以為總有一天會懂

但直到現在
都還沒有

午後

一個問題浮現
不一定說明它準備好
被回答

可能只是需要換氣
風光明媚的午後
浮出來想一想
再沉回心底

去海邊

海浪逆時鐘滾動
無數道時間的亂流撞擊岩岸
破碎成幾萬秒鐘

飛濺的歷史把看海的人弄濕了一片
我們都分到了一時半刻
涉水、游泳、換氣

傍晚時才甘願
在沙灘上坐下來欣賞
動態的永遠

夜復一夜

夜晚始終在背面
時間到了就翻過來
並不是走了
又回來

我總在數星星的關鍵時刻
眨了眼睛
好讓一切重頭
再數一遍
一夜復一夜

直到物換星移
或是你先放棄

自己去看流星雨

隕石輕輕擦過地球的邊邊
零點幾秒像打火石
像照相機喀擦
像你要說話前微微吞嚥

我的自轉和你的自轉
偶爾也會有擦身而過
燦爛的幾個小時

我穿上新買的裙子
在眉毛上描繪出流星的弧度
抿一抿就要脫口而出的
「這樣有什麼意義呢？」

口紅太紅了，又擦掉

如果時間不多
因為時間不多
所以要笑著去見你
像見冬季放晴
像見流星轉身

冬日札記

十月底，把厚棉被堆在腳邊
不蓋也不收起來的形狀裡面有隱喻嗎？
老是在想藏在後面的，更後面的事情
迴避明顯的仙人掌
就是凹下去了，唯一的月亮
也有缺陷

七點去泳池的路上你的孤獨還沒醒來
變冷了襪子感到有價值
走在路上腳趾頭、膝蓋、髖骨成一直線
抬頭挺胸活著，那時候
誤以為我們真的有掌控權

「這塊樹你看起來是什麼顏色的？」
綠色或者紅色，會不會影響我們最後
成為什麼樣的大人
穿上不同質地的衣服，打領結
或者不打，鞋帶鬆緊可以看出
一個人對自己要求是否嚴格，值得愛

☪

十一月中，困頓於明天要交的報告
寫詩是慣常的逃避手段
這時候我會用教練的眼睛看自己
像看第一天學泳的小孩
「這有什麼好怕的？」
要不斷提醒，冷是難以想像的
不能離水太遠

岸上的人至少得親自伸出腳趾頭
去探水

☪

十二月了，一年的末章
聽到人說「四月是殘忍的」
冬天的長夜情何以堪
為了對整夜不停的大雨
高級地報復
我要在幸福中起床

最後三個星期我要穿上新衣
拒絕懷舊式傷感
舊如果很好，也是因為
新的一年就要來了

史前

世界上原沒有牆
甚至也沒有路
最早最早還沒有文字時
解決問題的辦法可能是
做一個日落的表情
半夜用影子舞出森林
在石頭下放三朵花
代表我想念你

用鹿角威脅，送樺木皮祝福
張開雙手讓他人靠近
非常孤單的時候
朝月亮吐口水

一定也擁抱
擁抱先於所有言語

待辦事項

□把家庭餐廳的菜單從頭到尾吃過一次
□買一桶牛奶冰淇淋不要再放到過期
□穿越睏意抵達半夜的路口，踩著你的影子直到黎明
□再去那間四十年的老咖啡廳，只營業到月底
□去走一座吊橋但是不走到底
□討論什麼才是喜歡，非要找出一個定義
□製造一個無傷大雅的罪行，要你守口如瓶
□變成我們的秘密
□種一棵小葉欖仁，每年春天約定再相信
□重訪一段下雪的回憶
□畫一張新的地圖，為對方藏起禮物
□把能夠發生的，都發生一遍
□大吵一架說盡惡毒的語言
□然後說再見、再見

老地方

我們約在老地方
河堤岸
台階上
先到的人就變成等待的那一個
只是等與被等
這樣的關係並不適合我們
我猜你和我一樣，姍姍來遲
沒有人在於是走了

季節更迭過幾次
我沒有過得比秋天更慢
你不在時也與他人一起
去衝夏日夜景

緣分和春天一樣捉摸不定
沒有人等待的
冬天孤獨地來臨

老地方被新的人代謝
老朋友變回陌生的
過了十二點，就是未知的一日

對的時間是等不來的
因為已經過去了
我們現在要做的
就是筆直向前
提到往日眨也不眨眼

老朋友

想像過這樣的場景
你穿越時空等在原地，這麼多時間
沒有改變一條路的速度
晴朗的藍天還是好新

從異地回來
問你最近好嗎？有沒有什麼
不一樣了，這些日子
我遇見漂亮的人
理解更多關於影子的事
看著泥巴再也無法長出純潔的眼神
學會愛是貪心

「長大了」，你說完笑起來
我的城牆又變得脆弱
隨時準備重蹈覆轍

沒有不一樣，日子
未能損傷你分毫
只是年輕合法了之後
不再張狂

老朋友略顯疲態
我們放星星回家休息
來日方長，有些事情
不用一晚上做完

幌子

溫馴的街道上
初來乍到的小狗夾緊高興
深怕名字只是
愛的幌子

漿洗過的裸體收緊眼皮
深怕愛其實
是身體的幌子

久違地見面
從路口遠遠喚你
你沒有回頭
我突然深怕我們的身體也只是
我們的幌子

祈雨情詩

承認你身上有我永遠無法攻克的地方
當你稜線分明的側臉別開
我望見你眼睛裡
長年的嚴寒
你是負責看守自己懸崖
最忠誠的老鷹

我不是足以撼動規則的例外
只能仰望不可能涉足
面對你神聖的領土
因為絕望而更加虔誠

獻上迂迴繁複的祈雨儀式

穿上眾神編織的新衣
終年如一日瘋狂的跳舞

好讓你
從那麼高、那麼高的地方
俯瞰我的賣力
俯瞰我為了讓你降臨
還可以
更加努力

廚房裡的孤獨

為什麼要這麼用力
維持孤獨的形狀？

一只不能被打破的玻璃杯
被擺在櫥櫃的最裡面
終生無用

房客換過幾個
有人曾觸碰你光滑的脖子
他的指紋留在上面
我始終沒有擦拭

「曾經有多靠近幸福

就有多靠近死」
把這句話印在身上
並不能使人尊敬

水槽裡層疊的幾階盤子
具體地參與過
或甜蜜或沉默的晚餐橋段
唇印被複製又清洗
刀叉碰撞時
發出真正存在的聲音

為什麼要那麼容易相信
美麗必要距離呢？
其實你不曾靠近幸福
也不曾靠近死

實境秀

你打電動，我打電話給你
穿越整座城市只為來到你的耳邊
念木心：「所以不要怪時代，也不要怪我。」

你的虛擬籃球場轟鳴像蟬
又突然被鳥吃掉
想是你按鍵跳過了中場休息
我翻頁，亂入一首詩
埋頭破解一關文字遊戲

看到逗點要進攻，句點時防守。
你教我跑位，動詞前後挪動
傳球要靈活

我也教你讀，勤於練習、詳加觀察
好玩的都有歧異性
把帳號換掉還是認得出來

「你有在聽嗎？」擴音放大時代的沉默

「寫得蠻棒的。」一顆飽滿的句號
墜落前又被接起
棒棒，有人中槍的聲音
我琢磨一則隱喻：我猜你改玩射擊遊戲

射擊涉及專心
這次瞄準一本俄國長篇，書頁裡有一位困住的紳士
他不知道未來有了窗戶，就不需要門
閱讀世界但不走進去
談戀愛未必見面，螢幕上

實境秀令我好有感覺

把和海的合照蒸發到雲端
交換你切下的長方形天空
想這就是命中注定，茫茫人海
我滑水了你，你衝浪了我

如果上帝關門，你會不會為我開一扇視窗？

天空之下

在起跑線上等待槍鳴
一個人的慢跑
卻滿懷落後的擔心

他們都說生活是自己的事情
但在鵝蛋形的操場上
必要得遵守古老的秩序——
逆時鐘前進
（像是從北極觀看地球自轉）

為了對抗時間似的
盡全力浪費
身體

躺在地上，像跌倒的小孩
就直接哭泣吧
眼淚會流進土裡
晴朗的天空正照看
萬千生命

背面

讓缺了一角的月亮
欣賞我一個人的長跑
放鬆肩膀、規律呼吸
保持不偏不倚
正直的身體

很快就是隱藏版的肌肉
神秘地發痛
想是從來不曾被觸碰的地方
醒了過來

不是初次見面
也並非久別重逢

只是月有陰晴圓缺
身體和心
都有看不見的背面

人生的瑜珈

摸不到地板的話
到小腿也可以
你的身體跟別人不一樣
只有你最了解自己

痛的話就放手
記得深呼吸
直到吐納收放已毋須刻意

重心往裡面收一點
依賴核心的力量才會穩定
換個動作
再撐一下

十九八七
就可以大休息

眼睛閉上
四肢放鬆
把全身交給大地
想睡去也沒關係
一聲 om ——
這是宇宙初始的聲音
結束一生的練習

一朵積雲的重量

知道一朵積雲的重量
與一百頭成年的亞洲象
不相上下，彷彿新生的我
在陽台待了很久，看天空

對五十萬公斤和一萬公斤
的差異仍缺乏想像力

但我已決定要如此形容你的離去

「像一朵積雲
別在我晴空萬里的胸口」

遠在天邊

鴿群掠過連日陰天
在屋簷線，和透明的疆界之間
折返飛
把天空也畫出界線

氣象預報局部陣雨
局部的人待在家裡
我在風雨常去的街上，弄壞了傘

天氣圖上一圈又一圈
是颱風從海外來
正要張開眼睛

多雲太久甚至能改變量詞
一幕雲升降
幾扇窗離合
比一朵棉花糖溫暖地融化
更適合形容，我將要出發

把鴿子借我的羽毛當作書籤
讓一本書的時空暫停在睡前
當雨聲裡，你傳來星空很美
遙遠
原來是一片天空
之下的事

只道是尋常

醒著
點一顆蠟燭
看一房間影子
被風輕輕搖晃

嶄新的黑暗總是準時到訪
很多事雖然日益變形
仍賣力發光
把光也用完

用完，就不再為每一個相似的夜晚
徹夜亮
不再為名目眾多的傷感

被點燃

醒著

自己一個

只道是尋常

買新咖啡豆

他從哥倫比亞的晚上六點
來到小鎮的房間
早晨了，室友的鬧鐘在響

可能是因為時差
他一夜沒睡
醒著但沒有活著

也或許是因為思鄉情切
潮濕的山坡地
熱帶暖風中吹來搖晃的歌聲

任何一份生命

經過千里跋涉
都會變得苦苦的

盤古開天

他讀盤古開天的故事給我聽——
左眼是太陽，右眼是月亮
張開嘴巴能吞吐一座宇宙
眼睛開合之間
日夜就已經移轉

一隻螞蟻沿著
起司蛋糕柔軟的土壤
爬上我們裸露的
四座膝蓋板塊移動
牠就快要掉進
地表的夾縫

單數的死，輕輕吹落
手指上的眼睫毛
可以交換一個願望

此刻是下午三點鐘，文明進展到
手沖咖啡比音樂有更繁複的變化
我們喝過但沒聽過，莫札特
味道乾淨如蜜
尾韻有一種用眼過度的酸澀

我打了一個大噴嚏
腿上的貓地震
發出低鳴

來自古大陸的他
第一次在靠海的小鎮

經歷搖晃，還以為
耳朵裡的小石頭
脫出軌道
又一次以失序
重畫生命的重心

不被聽見的音樂存在的可能性

深入民間的地下室裡
一間練團室按小時計費
準時沒有比較便宜
但是殺時間
也取不出卵
年輕只夠交換盛大的彩排

插電而後樂器復活
你喜歡親自調音
像是為新生的音符命名——
早晨伸開的第一個懶腰A
傾倒的山脈E
飽和的天氣將下起雨D

另外也有暫名未完成—日期
的 DEMO 躺在雲上
飄來飄去

這次的新歌軟硬兼施
歌詞關於一顆青蘋果
孤獨地掛在枝頭
強摘的憂愁
等待著時候成熟

如果一棵樹倒下，在深森林裡
「究竟有沒有人聽？」
吉他手問你

鼓手接完客戶的電話

下半場節奏全飛到天上
一隻永不落地的鳥
死於飛翔，當你正沉思
適合死的和絃進行
貝斯手說他要當爸爸了
這個月是最後一次

面對真正的誕生
譬喻之死亡只能沉默
頂天立地的第一次哭聲，不在樂譜上
它早在被命名之前
就已經存在

走出地下室時仍感到暈眩
嶄新的明日沖昏人
如果一棵樹倒下，在深森林裡

究竟有沒有人聽見：
未完成──今日──我

所有之境

我把身體縮進兩塊大石頭之間，一處狹窄的空地裡，水藍色的登山包緊緊抵在石壁上。這是一條僅容一人通過的窄徑，若要讓道，只能像這樣利用石頭旁邊的空隙。走在我後頭的，有五個人及兩尊神明，我們有一樣的目的地。

十一月的清晨，攝氏只有兩度，我的面罩下流滿鼻涕。兩尊神明約莫有三公尺高，被紅色的帆布包裹著，再用堅固的繩索綁在特製揹架上，分別由幾個中年凡人輪流揹負。因為信仰的重量，剛剛經過我的那人已經氣喘吁吁，滿頭大汗了，他一小步、一小步艱難地往前邁進。我看不見那神明的臉，但昨天在排雲山莊時聽人說那是千里眼與順風耳，祂們為媽祖和武財神開路。「媽祖託夢，要爬玉山，」一位大哥說，「三個聖筊」。

來自海上的媽祖，為什麼想爬玉山呢？我跟媽祖不熟，不敢去問。

不要說媽祖了，我連父親為什麼想爬玉山也不知道。六十歲的父親此刻走在我前頭，毛帽底下的頭髮已經半白了，幸好因為固定打太極拳的關係他還很健康，走得比我更快。他有一張退休後的夢想清單：開一間只賣一種義大利麵和一種咖啡的小店、騎重機環島、爬玉山。

父親工作了約三十年的中興新村就在玉山群峰底下，從馬路上看得見連綿的山脈像海浪起伏的瞬間，被相機定格，拍攝下來後高掛在天空的畫布上。玉山主峰是其中一道富有啟示性的浪頭，標誌著最靠近天空的位置。開車的時候、散步的時候，父親經常遠遠地眺望玉山嗎？是否會想著什麼時候一定要攻頂，然後繼續埋首於忙碌的工作之中呢？

可惜從玉山上面往下望，不論什麼角度都都看不見山下的城鎮。從山莊通往頂峰的窄徑上，甚至看不到森林或動物，滿眼只有壘壘的石頭，望遠仍是山脈、近處則只有雲霧，其他什麼都看不見。山頂是一個什麼都沒有的地方，一個沒有之境。

我曾搭過賞鯨船出海，在陸地上看起來平坦的海面，其實充滿了高低起伏，船隻顛簸地前進，像越野車在山坡之間衝刺，我朝飛翔海豚吐了兩次。若就這個層面而言，一望無際的海面跟山頂很像，都是無邊的大量重複，都是沒有之境。

我不知道媽祖，也不知道父親想爬玉山的原因，但我知道自己的。

那時我剛從大學畢業，在台北找了份辦公室的工作，生活開始安頓下來了。每一天七點起床，趕上八點鐘的打卡，開啟忙碌的一天，直到五點半下班。傍晚時我會沿著騎樓走上四十分鐘的路回家。台北多雨，但即便雨再大，我都堅持著走上一段路。走路的時候，我會感覺到自己是自由的。

坐在公車上，我就像是一個貨物，被運送過來或運送過去；坐在辦公室時則感覺自己模仿機器，講求效率，不許失誤。每一天與前一天並無不同，重複著上班、工作、下班、走路，無邊的大量重複，回到家中我經常感覺到心裡什麼都沒有。若就這個層面而言，日復一日的生活，和空白的海面或山頂，也並沒有太大的分別。

父親說要爬玉山時，我來不及想到登山也是另一種走路的重複。我只是像溺水的人抓到一塊浮木，想藉著爬山稍稍逃避城市生活罷了。

除此之外還有一個比較隱晦的原因：我發現我忘記了很多事。

別擔心，這並不是失憶症之類的戲劇化情節。我指得是，當我回想過去二十五年的人生，我發覺有好多道記憶因為斑駁，而留下許多空白處。比如那個我曾手牽著手的女孩H，我們分享過很多秘密，從初經的時間到暗戀對象的一封簡訊。「妳是我最好的朋友」我們曾這樣彼此承諾，然而當我回想起那段時光，竟發現我遺失了她的聲音。於是她在我的腦海中現在就像一齣默劇，重複播放著坐在教室裡讀書的側臉、體育課時紮起來的馬尾。那時我們會花上七八個小時說話，可是因為沒有聲音，我們在討論著什麼呢？是為了什麼樣的笑話而發笑呢？我毫無頭緒，雖努力往回搜索仍一無所獲。記憶比人心更無情。

空白處還有阿嬤的表情。我記得她手上總是戴著玉鐲子，但最後一段時間因為消瘦已經戴不住了，骨頭狀的手背上看得見浮浮的青筋。喔，還有她的鼻樑，大家都說我高挺的鼻樑和臉的輪廓像到阿嬤。可是表情呢？我忘記阿嬤笑的樣子了。重要的東西放在重要的地方，卻忘記重要的地方在哪裡，初老症狀之一。

心理學家 Elizabeth Loftus 曾做過一個購物中心迷路實驗。她請受試者的親人提供三段真實的經歷，並虛構一段受試者小時候在購物中心迷路的劇情，結果，有四分之一的受試者都確信自己曾在購物中心迷路過。Loftus 由此導出一個結論，記憶是不牢靠的，以及記憶有可能是創造的。

發生過的事情很有可能想不起來了，珍貴的回憶也可能就掉進腦中的黑洞。沒有通知，也不讓人有準備的時間，有一天，珍貴的回憶就像水蒸氣一樣消散在空氣中。「記憶是不牢靠的」，我失去了與舊友和阿嬤相處的記憶，有一天是不是也會失去與父親的呢。我因此擔心。

但是 Loftus 也說過：「記憶有可能是創造的。」這是我站在這條窄徑上，掛著滿臉鼻涕的原因，我想，至少爬玉山這種事，會是一個足夠「難忘」的經驗吧。

捨棄溫暖的床鋪和舒適的假日，每個來到此地的人都有自己懷抱的願望。我不知道媽祖的，也不知道父親的，但我揹著水藍色的登山包，走上來回共二十一公里的長路，是為了逃開生活的空虛，更是為了抵抗遺忘。

我希望有一天當我回想起父親，會有個像山一樣永恆不動的記憶存在那裡。

距離主峰只剩下最後 0.2K 了，山路變得更陡峭，最後一段路都是需要手腳並用的大石頭。父親現在落後於我，站在離我有一段距離的地方休息。從上往下望，大石頭旁的父親看起來不比一個手掌大。又是沒有通知，也不讓人有準備的時間，我喘一口氣，再回過神來就發現父親變老也變小了。

高中畢業之後，我北上念書，住在家裡的時間很少。每個月回家一次，也是匆匆地來、匆匆地走，不留下一片雲彩。工作之後又更難回家了，朋友都在台北，比起故鄉的街道，我對捷運的路線圖更為熟悉。選擇了一樣就等於放棄其他，這個道理我明白，但當我坐在辦公桌前面，總忍不住去想像，遠方有另一種我沒有選擇的生活。

我跟父親嚷嚷說好想辭職喔，辭職之後還想去讀書、想去旅行。父親附和我說，好啊，他也很想退休欸，明天就去遞退休信。「妳要念書就趕快去念，我會幫妳付學費。」父親補充。

父親連續工作超過三十年了，安分而規矩的，完成了將近一萬個上班日。為了讓三個小孩無憂無慮地長大，他用盡最好的壯年去交換。若辦公室是一個「沒有之境」，他頭也不回地深入荒蕪的核心。

他們那一代人都是這樣吧，年輕時沒有太多空閒和餘裕去發展自己的愛好和興趣，等到孩子長大，忙碌了半生，終於準備休息，興致高昂地列了一張夢想清單，卻發現身體開始疲憊。身體被留在路中間某一處，喘著氣努力想跟上來。

當他們回想起這忙忙碌碌的三十年，不知道無情的記憶會留給他們多少呢？我向媽祖祈禱，如果一定要有所忘記，開心和美好的留下來多，辛苦和傷心的就消失不見吧。

媽祖也的確應允了我的願望，山上兩日都天氣晴朗。我和父親在天亮前攻頂，一齊看見了很魔幻的日出時刻——帶著金邊的橘色光線，一點一點推開了夜晚的深藍色，遠近的山脈漸次露出線條。雲霧散開後，大地沐浴在溫暖的陽光下。我睜大了眼睛，想盡可能把這幅美麗的畫面刻印下來，多一秒鐘也好。

我知道畫面過了幾天就會變得模糊，拍攝下來的照片也只能還原十分之一的面貌。至於冷風刮在臉上的觸覺、風聲和其他山友的歡呼聲、每一分秒都變換著的天空的顏色，這些都拍攝不下來，而且大腦也記不牢靠。不過那一年、十一月初、早晨六點，我和父親走上一天一夜後，一齊站在臺灣的至高點看了一場日出，這份記憶的骨架我不會忘記。

後來我真的辭職了，跑去念書，就在爬完玉山的隔年。辭職的原因，延續了爬玉山的抒情性：為了逃離生活的空虛，更為了抵抗遺忘。

新的生活仍然是大量的重複，每天到研究室念一點書，很多空白的時間用來打掃、吃飯、慢慢運動、偶爾和朋友上山，花上三天一步、一步攻頂復又折返。「山上到底有什麼好玩啊？」朋友曾問。「好像什麼都沒有，」可是，「又好像有很多東西。」

事實上，山上充滿了「東西」——上千種植被、一百四十七種菌類、兩百三十三種鳥類，其中包含二十九種臺灣特有種。玉山國家公園網站上還詳列有昆蟲、哺乳類、爬蟲類、魚類的統計數字。博物學家鹿野忠雄的《山、雲與蕃人》極有可能是最早的攀登研究，收錄他數度進入玉山的觀察。他曾細膩的描寫過玉山上極為豐富的自然景觀：腳下的單花香葉草、玉山沙參、茂密的圓柏、朱雀酒紅的身影……在他的筆下，每一段路都有所觀，無處不是有可看性的風景。

在那看似什麼都沒有的地方，原來充滿細節和知識，會「看它沒有」，是因為我尚未找到觀看的方式。要足夠深入，更要日復一日，或許在累積大量的重複之後，才能看見一個「所有之境」。

山頂的每顆石頭，都有各自的形狀和紋路；海面上的每一道海浪，也都因為風雨和季節有不同的流向；日出的光線讓天空分分秒秒都變換著顏色。生活若遠觀，只是從走向死亡的過程，惟有深入其中，凝視切分出的細節，則分分秒秒都有新鮮的事物正在發生。

遺忘仍是不可避免的，現在我又快要忘記台北雨後的味道了。既然不能夠揀選哪些能留、哪些會走，我想盡可能在重複中創造更多美好的事情，試著讓平凡的生活充滿難忘的回憶。這是一介凡人能做到的。

父親近來腳疾，無法走那麼遠了。他的夢想清單，變得比較靜態，比如：吹陶笛，那又是另一個複雜而龐大的世界了。時間比記憶更無情，很多地方是當下不出發的話，未來就會更難抵達的。在沒有與所有之間，至少我們去過又回來。

後記：如果只有一本書的時間

在路邊看見一個人就著路燈在讀詩集，坐在熄了火的摩托車上，旁邊是空曠的停車場。沒有人會專程跑到路燈下讀詩，也許她正在等人？恰好有十分鐘的空檔，又正巧想到包包裡有一本詩集，於是拿出來打發時間。

我理想中人與書的關係，就是打發時間。不用有誰來拯救誰，這樣太沉重了，況且我也不曾真的被一本書拯救過。對於那些啟蒙過我的生命之書，比起拯救，我認為更準確的說法是——我被一本書帶走過，文學能帶我離開所處的困境一下、帶我繞路去看看別樣風景，雖然闔上書本後我仍待在原地，但我有了繼續往前的力量，我自己拯救我自己，然後現在來到這裡。

路上之所以這麼迷人，我以為就是因為誰也不用對誰負責。並非全無交集，但旅人與風景建立起來的關係如此淡薄，兩者互為彼此的過客。如果只有一週，滿城徹夜響的喇叭聲我可以視為文化觀察；如果只有兩個夜晚，帳篷裡的冰冷和不便我說那是返璞歸真；如果我們只有幾面之緣，我有自信能做你生命中的好人。

是這份關係和連結的稀缺，使旅人備感自由，因為沒有人認識舊的我，當旅人踏上路途的那一刻，路便賦予了人新生的機會，在路上我們都可以小幅度地捏造自己。

只是出去混完，回來總是要償還。

若轉過頭看著自己的家居生活，這五年來我搬了六次家，從中壢、台北、雲林再到花蓮，跟四個城市都介於熟與不熟之間。陽台上的盆栽，若好幾個月不在家時，我就偷偷把他們移到鄰居的花圃裡，希望善良的阿姨愛屋及烏；鍋碗瓢盆二手的來，不久後又三手轉賣出去，沒有太多物件不能割捨，也就沒有太多物件能睹物思情。夠淡薄。

我甚至尚未擁有能固定預約的美髮師。所以每三個月一次，我隨機走進一間當時最近的髮廊，一個小時後走出來，總是長得跟自己期待的有點落差。

未能與日常生活建立足夠深刻的連結，就得付出瀏海過短這樣慘痛的代價，至於孤獨啊、缺乏歸屬感啊，我知道這是我自找的，所以沒有抱怨的權力。

片段式的、漂浮般的，回想這幾年的生命，皆是在不同房間暫居的零碎時光。是的，「打發時間」，我好像總是在打發時間，於是在家庭、朋友、工作、鄰里之間都沒有貢獻，我終於也成了自身生活的旁觀者。唯一因為長期投入，並累積成一個小座標的，就只有這本詩集了。

以移動為主題，斷斷續續寫了將近三年，刪改多次，最後成為現在的樣子。雖然是雲端文件，卻感覺沉甸甸的，我害怕但仍滿懷期待地交出這些稿件。海德格說：「語言是存有的居所」，落筆如落腳，當我謹記寫作的目標，即便人在路上，也能稍有安頓之感。

謝謝所有舊與新的讀者，如果只有一本書的時間能夠相遇，我答應你，會盡力把我所看見的風景全說給你聽。

Love 040

我和我私奔

作　者—陳怡安
主　編—李國祥
企　畫—吳美瑤

編輯總監—蘇清霖
董 事 長—趙政岷
出 版 者—時報文化出版企業股份有限公司
108019臺北市和平西路三段二四〇號三樓
發行專線—（〇二）二三〇六—六八四二
讀者服務專線—〇八〇〇—二三一—七〇五
（〇二）二三〇四—七一〇三
讀者服務傳真—（〇二）二三〇四—六八五八
郵撥—一九三四四七二四時報文化出版公司
信箱—10899臺北華江橋郵局第九九信箱

時報悅讀網—http://www.readingtimes.com.tw
電子郵箱—genre@readingtimes.com.tw
法律顧問—理律法律事務所　陳長文律師、李念祖律師
印　刷—華展印刷股份有限公司
初版一刷—二〇二二年二月十一日
定價—新臺幣三五〇元

時報文化出版公司成立於一九七五年，
並於一九九九年股票上櫃公開發行，於二〇〇八年脫離中時集團非屬旺中，
以「尊重智慧與創意的文化事業」為信念。

我和我私奔 / 陳怡安著. -- 初版. -- 臺北市 : 時報文化出版企業股份有限公司, 2022.02

面 ;　公分. -- (Love ; 40)

ISBN 978-957-13-9965-2(平裝)

863.51　　　111000459

ISBN 978-957-13-9965-2
Printed in Taiwan